$$\underbrace{\begin{array}{cc} Y. & 527. \\ 2. & 27 \end{array}}$$

$$\begin{array}{c} y\ 3250. \\ 22 \end{array}$$

ANNALES
GALANTES.

TROISIESME PARTIE.

A PARIS,

Chez CLAVDE BARBIN, au
Palais , fur le fecond Perron
de la Sainte Chapelle.

M. DC. LXX.
AVEC PRIVILEGE DV ROY.

ANNALES
GALANTES.

TROISIESME PARTIE.

 OVT le monde Les tombe d'accord, Frati- celles. que la contrain- te inſpire le deſir de la li- berté, nous ne voulons rien ſi fortement, que ce qui nous eſt interdit, & cependant on ne ſçauroit guerir certains maris de

A ij

l'erreur de garder leurs Femmes. Les Italiens eſtant les eſpoux les plus ſuſceptibles de cette manie, ſont auſſi les plus ſujets aux accidens qu'elle fait naitre. On raconte des effets de la vengeance de leurs épouſes, qui paſſeroéit pour des prodiges dans les lieux où la captivité ne les authoriſeroit pas. Mais le plus plaiſant que l'Hiſtoire ait jamais cité, c'eſt ce qui arriva entre les Dames Romaines, & les Fraticelles, ou Frerots. Ces

honneftes Meffieurs ef-
toient un nombre de jeu-
nes gens qui vivoient , il
y a pres de quatre cent
ans. De leur temps il é-
toit grande année de Ga-
lanterie , dans la ville de
Rome , les Amans cou-
roient les ruës toutes les
nuits, on y faifoit des ron-
des devant les *Ialoufies* les
plus illuftres, & le bruit
des proüeffes amoureufes
ayant donné l'alarme aux
Maris foupçonneux , ils
augmenterent le nombre
des efpions, en forte que
le cómerce en fut abfolu-

A iij

ment interrompu. Les jeu-
nes gens dont nous avons
parlé, furent fort affli-
gez de cette reforme, ils
n'avoient eu aucune part,
au fracas que les autres
Amans avoient fait, & il
leur estoit fâcheux de
patir pour l'indiscretion
d'autruy. Voyant donc
que l'éclat, & la galan-
terie déclarée avoient été
la cause du desordre, ils
resolurent de traiter l'a-
mour à la sourdine, & de
sauver les apparences qui
effarouchoient les Maris.
Ils affecterent de vivre

dans la retraite, ils étu-
dierent un exterieur mor-
tifié, & formant un nou-
vel Ordre de · Religieux
ſous le nom des Fraticel-
les ou Frerots, ils furent
bien-toſt ſi reverez pour
la pieté apparente qu'ils
pratiquoyent, qu'on ne
parloit plus d'eux que
comme de nouveaux A-
nacoretes. Quelques Eſ-
poux des plus inquiets, &
des plus mal partagez de
chaſtes Eſpouſes, eurent
la curioſité de voir ces devots Perſonnages ; les
gens travaillez du ſoucy

domeſtique, font un grãd uſage des conferences pieuſes, & trouvant la converſation des Frati-celles fort édifiante, il n'y en eut aucun qui n'eſ-peraſt de leurs charita-bles remontrances l'en-tiere converſion des Eſ-pouſes les plus coquettes. Ils avoient impatience d'eſtre chez eux pour ven-ter la nouvelle inſtitution, & les Femmes regar-dant tous les pretextes de viſites, comme autant de pas vers la liberté, elles témoignerent autant de

defir de voir les Fraticelles qu'on en avoit de les
leur montrer. Voilà donc
nos Freres agreablement
vifitez, & les Maris tres-
contens des vifites qu'on
leur rendoit. Car pour
eftablir leur nouvelle do-
mination, ils ne prê-
choient que la fidelité à
la foy conjugale, l'obeïf-
fance des Femmes envers
les Maris, & quantité
d'autres preceptes, tous
fort utiles pour la trâquil-
lité du ménage, & de
grande édification pour
Meffieurs les Efpoux ;

mais comme ce qui eſtoit bon à dire pour les uns, n'étoit pas agreable pour les autres, ils exhortoient les Dames à venir les voir en particulier, *Afin* diſoient-ils, *de mettre la coignée à la racine des Arbres, & de travailler utilement à leur entiere converſion.* Ils n'eurent pas de peine à obtenir d'elles cette marque de leur déference, elles aimoient bien mieux venir au Sermon que de ne ſortir point, & les inſtructions ſecrettes des

Fraticelles , ne leur pa-
roiſſant pas auſſi difficiles
à ſuivre , que celles des
Directeurs ordinaires, elles les recevoient avec
docilité , & elles s'y ſoû-
mettoient ſans repugnan-
ce. Voyez-vous, ma Fille,
diſoit un jour le plus entendu des Freres à la plus
aymée de ſes penitentes;
les apparences ſont des
filles de l'eſprit prudent ,
qui ne coûtent rien à garder , & qui ſont d'un uſage merveilleux pour la ſo-
cieté civile. Quel plaiſir
trouvez-vous dans le de-

ſordre qui accompagne les ſoupçons d'un Mary? Helas, il eſt ſi aiſé de le decevoir, un petit bai-ſer donné à propos luy cache quelquefois la veuë d'une rougeur qui luy auroit donné martel en teſte. Vn chagrin affecté en le quittant, l'oblige à precipiter voſtre ſortie. Car enfin toute Femme eſt fragile, & nous ne pretendons pas que vous deveniez de marbre entre nos mains; mais nous voulons vous accoûtumer à étudier ſi bien l'humeur de vos Maris, que quoy qu'il vous plaiſe de faire, ils ne ſe plaignent jamais de vous. Aimez ce que vous trouverez aimable, écrivez des poulets, don-nez des rendez vous, il n'importe, ce ne ſont pas ces choſes qui ſoient criminelles, c'eſt la con-noiſſance que vous en donnez qui fait le crime: & qu'ainſi ne ſoit, ne connoiſſez vous pas la Segnora *Petronilla*, cette Dame qui loge au coing de *Via Appina*? Ouy ſans doute je la connois, reprit la Penitente , mon Mary me la propose tous les jours pour un exemple de vertu,& en effet c'est bien la plus sage personne qui soit dans Rome. Que vous estes abusée,ma bonne Fille!poursuivit ce bon Apostre : elle a eu dix intrigues en sa vie dont je sçay toutes les particularitez. Le Marquis *Cocles* a esté son Galand deux ans entiers, c'est à son occasion que le brave *Brundivisi* a esté tué ; l'argent qu'elle feint de donner aux Pauvres , un

Templier de ses amis & des miens, le porte secrette-ment au Cadet *Vrsini*, qu'elle commence à trou-ver à son gré ; & ce Pere à longues manches que vous voyez si souvent a-vec elle, a esté un de nos Freres, que nous avons banny d'avec nous pour ses méchantes mœurs, & qui ménage une avanture amoureuse avec elle, sur le pretexte d'avoir des Conferences pieuses en-semble, mais l'hypocri-te a du jugement. Elle déguise ses sentimens,

III. Partie.

sous un exterieur modeste ; elle accable son Mary de caresses ; elle affecte une complaisance aveugle pour ses volontez & luy fait porter un respect profond par ses domestiques. Voilà comme il faut se conduire avec les Espoux , & voila comme je voudrois que vous fussiez faite, deût-il m'en coûter le bras droit, tant je me trouve épris d'une veritable charité pour vous. Des Preceptes si judicieux ne pouvoient manquer de produire des effets

effets éclatans, dans toutes les familles divifées.
La Femme la plus contre-
difante devenoit un mi-
roir de complaifance, &
on ne voyoit que troupes
de Maris , qui venoient
remercier les Fraticelles,
du repos qu'ils leur a-
voient procuré. Quand
les Freres virent leur reputation fort bien efta-
blie, ils commencerent
à travailler pour eftablir
auffi leur felicité particuliere. Ils éleurent entre-
eux un Superieur appellé
Frere Conrard , homme

III. Partie.   B

d'efprit , & éloquent ,
dont la phifionomie im-
pofoit au public , & qui
metamorphofoit fon ex-
terieur ainfi qu'il luy plai-
foit. Ce nouveau Supe-
rieur choifit parmy les
Freres vingt jeunes hom-
mes des plus difcrets , &
des plus agreables, & ren-
fermant l'efprit de l'Or-
dre dans ce petit nombre,
il, jetta les yeux fur autant de Penitentes,& moi-
tié par fort, moitié par
choix, il pourveut cha-
que *Frerot* de fa *Frerotte*.
Ce chapitre fecret eftant

ainſi diſpoſé, ils diviſerent le reſte de leur Congrega- tion en deux ſeconds Or- dres, dont l'un pleinement ignorant de ce qui ſe paſ- ſoit, croyoit les Fraticel- les, auſſi devots en effet, qu'ils témoignoient l'être en apparence, & s'occu- pant au ſoucy domeſtique de la maiſon appreſtoient les reſtaurans, dont les favoris de Conrard ſe nourriſſoiét. Le troiſiéme Ordre de cette Hyerar- chie terreſtre, eſtoit com- poſé d'un nombre de vieillards, qui n'étant plus capables de porter envie à la felicité d'autruy , & trouvant du foulagement aux miferes de leur ménage dans la magnificence des Freres , alloient de place en place , faire l'eloge de leur fainteté, attirer de nouvelles Penitentes , & feduire quelque Notaire , pour leur faire tomber en partage l'aubaine d'un Teftament. Ces derniers Difciples des Fraticelles , eftoient appellez les Confreres feculiers. Le Patron de la Confrairie eftoit un nom-

mé Hermâne qu'ils qua-
lifioient du titre de Bien-
heureux, & qui eſtoit le
premier d'entr'eux qui ſe
fuſt aviſé de l'inſtitution
des Fraticelles. C'eſtoit
dans cette meſme Con-
frairie, que s'enrôlloient
les Penitentes Fraticelli-
tes ; & comme cét Her-
mâne avoit eſté taché
d'autant d'hereſies dans ſa
croyance, que de dére-
glemens dans ſes mœurs,
les Fraticelles ſe ſer-
voient de ſon nom, & de
ſes opinions, pour ap-
puyer les fauſſes explica-

tions qu'ils donnoient à l'Ecriture, & les preceptes qu'ils alloient semant parmy les personnes credules. Un Ordre si bien imaginé, ne devoit pas estre sans Regle, & sans constitutions. Celles d'un Saint fameux, dans l'Eglise furent proposées aux freres Ignorans, & observées par eux avec beaucoup de rigueur, & les Freres privilegiez composerent une Regle particuliere, dont voicy quelques Fragmens, que nous avons recouverts avec

beaucoup de peine, des
Bibliotheques curieuſes
de noſtre ſiecle.

REGLE, ET CONSTI-
tutions à l'uſage des
Fraticelles.

LE jeune homme appel-
lé à la vocation de la
vie Fraticellite, s'éprouvera
premierement luy-meſme ſur
le ſecret, & ſur la mortifi-
cation exterieure. Puis ayant
eſté livré à une ſeconde eſ-
preuve, entre les mains du

*Fraticelle choiſi pour cét of-
fice, il ſera receu dans la
communauté ſecrette, aux
conditions cy-apres deduites.*

I.

*D'aimer & honnorer la
Dame qui luy ſera donnée
à diriger, comme ſi elle eſtoit la chair de ſa chair,
& les os de ſes os, car ceux
que l'amour unit ne ſont
qu'une ame diviſée en deux
corps.*

II.

*Il conſervera l'honneur de
cette*

cette *Femme* par toutes les voyes poßibles, ſoient elles licites, ou illicites ; naturelles, ou contre la nature. Car le premier de ſes devoirs, eſt de ſauver les apparences contraires à la reputation de ſa Communauté.

I I I.

Il entretiendra une union parfaite entre la *Femme*, & le *Mary*, en ſorte que la confiance de l'*Eſpoux* aſſure la felicité de l'*Amant*. La Prudence eſt le fondement ſolide d'un commerce amou-

III. Partie.　　C

reux, & le cœur d'une Fem-
me est assez vaste, pour con-
tenir un amour permis, &
un amour défendu sans que
l'un embarasse l'autre.

I V.

Il ne prononcera jamais le
mot d'amour, en public, si
ce n'est sous l'apparence de
l'amour divin. Le secret est
le sel d'une intrigue, & c'est
un sacrilege digne de mort,
que de faire part des myste-
res amoureux aux gens in-
differens.

V.

Il aura toûjours deux langues dans la bouche, comme le souffleur de la Fable : il sçaura écrire de deux caractères differens, & de deux stiles opposez, en sorte que de la mesme main dont il trace un point de meditation aux jeunes Freres, il puisse tracer un Madrigal à sa Maîtresse.

V I.

Il estudiera incessamment,

C ij

tous les mouvemens de son visage, & le changera comme s'il se démontoit : car les yeux dont on regarde la maîtresse, ne doivent estre pris que pour elle, & il en faut de baissez vers la terre, ou de tendus vers le Ciel, pour tout le reste du monde.

Ces pieuses Constitutions furent gravées sur une table de cuivre, & appenduës dans la chambre de Frere Conrard ; tant afin qu'il pût y changer quelque chose de son authorité privée (s'il le jugeoit à propos) que pour eftre celuy de la Communauté, qui avoit befoin de les reduire mieux en pratique. Apres avoir mis un fi bon ordre au dedans de la maifon, on travailla à ce qui regardoit le dehors. Le foin du ménage occupoit les Dames une partie du matin : trop de gens obfervoient les Conferences de l'apres-midy : il fut donc arrefté qu'on choifiroit la nuit pour s'affembler, & le pretexte de ces veilles eftant l'Orai-

fon, les Maris les plus
foupçonneux follicitoient
eux-mêmes leurs Femmes
à s'y trouver. De cette
precaution Frere Conrard
paffa au denombrement
des nouvelles Peniten tes.
Il trouva qu'elles exce-
doient de beaucoup le
nombre des Freres privi-
legiez. Cette furabondan-
ce de biens les embaraf-
foit, ils ne pouvoient va-
quer à tout l'office de Directeurs qu'on exigeoit
d'eux : Il fut donc arrefté
qu'on augmenteroit la
Communauté ; mais les

revenus estant medio-
cres, on jetta les yeux
sur quelques Dames des
plus riches, & des plus
eminentes de Rome, afin
de tirer d'elles, les se-
cours necessaires, pour
soûtenir cette augmen-
tation. Hortence Sœur
du Pape Boniface VIII.
qui occupoit alors le S.
Siege, fut la premiere sur
qui les Freres dresserent
leur intention. Elle étoit
Veuve, & déja hors de la
premiere jeunesse, mais
elle ne laissoit pas d'estre
encore tres-bien faite,

elle eſtoit riche & libe-
rale , & pour derniere
qualité recommandable ,
elle avoit un pouvoir ab-
ſolu ſur l'eſprit du ſaint
Pere , & les Freres eſpe-
roient obtenir des graces
de luy par ſon moyen. Ils
s'employerent donc tous
unanimement à trouver
le ſecret de l'enrôller dans
leur Confrairie. Cette
Princeſſe avoit une ſœur
de lait nommée Valanti-
ne , qui eſtoit une des
plus zelées Penitétes de la
Communauté : elle avoit
beaucoup de ſimplicité :

le nom de Dieu luy sembloit bien employé, à quelque usage qu'on le mist, & elle estoit échûë au Frere Robert, le plus cher des amis de Conrard, & le plus capable de tenir la place qu'il occupoit, s'il arrivoit jamais qu'elle devinst vaquante. Frere Robert prend à tâche l'innocente Valantine : Il luy dit qu'il faut bien que la Confrairie du grand Hermâne ne luy paroisse pas aussi sainte qu'elle en fait semblant, puis qu'elle n'a

point infpiré à Hortence
le defir d'en eftre. Qu'il
s'étónoit de voir qu'ayant
un pouvoir fi grand fur
l'efprit de la premiere
Princeffe de Rome, &
faifant profeffion d'eftre
amie des Fraticelles, elle
ne l'avoit encore amenée
à aucune de leurs affem-
blées; & mêlant les flate-
ries aux reproches, ainfi
qu'il le jugeoit à propos,
il mit l'efprit de cette
Femme dans une fi bon-
ne difpofition, qu'elle
avoit impatience d'eftre
aupres d'Hortence, pour

rendre aux Fraticelles le
ſervice qu'ils luy avoient
demandé. Elle cite leur
nom dans deux ou trois
diſcours, où il n'étoit au-
cunement neceſſaire :
quand elle ſortoit d'au-
pres de la Princeſſe, c'é-
toit toûjours pour aller
aux Fraticelles ; ſi elle
rentroit dans ſa chambre,
elle revenoit de ce Con-
vent ; toutes les heures
qui ſonnoient eſtoient
quelques-unes de celles
de l'obſervance des Fre-
res, les choſes les plus
indifferentes avoient une

relation avec cét Ordre,
& rompant fans ceffe la
tefte d'Hortence, de ce
nom de Fraticelles, elle
fit tant qu'elle l'obligea à
luy demander, qui ef-
toient ces gens dont elle
eftoit fi préoccupée. Ce
qu'ils font Madame? re-
prit Valantine d'un ton
d'exclamation : ce font
des Tableaux vivans de
la Penitence, des miroirs
de la vie Apoftolique ;
Enfin c'eft toute la de-
votion de la terre renfer-
mée dans un petit nom-
bre de Religieux. Voilà

bien des eloges, inter-
rompit Hortence en soû-
riant. Ha Madame, pour-
suivit Valantine, on ne
sçauroit trop en donner à
ces saints Personnage.
Mais encore interrompit
la Princesse, que font-ils
de si extraordinaire pour
meriter les loüanges que
vous leur donnez? Ils font
un exercice de charité
perpetuelle, repartit Va-
lantine: ils vont de famille en famille appaisant
les desordres domesti-
ques, calment les scru-
pules de l'ame, par des

diſcours qu'on pourroit appeller Angeliques; & montrent des chemins ſi faciles à tenir pour aller au Ciel, qu'on n'a qu'à vouloir eſtre ſainte pour le devenir. Hortence é-toit une perſonne de beaucoup de jugement, & doüée d'une ſinguliere pieté. Helas, ma fille dit-elle à Valantine, c'eſt en vain qu'on figure le chemin du Ciel facile à tenir, on n'y arrive point ſans peines & ſans tra-vaux. Je ne ſuis pas encli-ne à de grands vices, gra-

ces à Dieu, mais je ne
trouve rien de fi dificile
à faire que de fe fauver
dans le monde. Quand je
fais reflection fur les preceptes de l'Evangile , &
que je confidere combien
ils font oppofez aux ac-
tions les plus indifferentes des mondains, je vous
avouë que je tremble , &
qu'il n'y a que la miferi-
corde de Dieu qui me raf-
fure. Mon Dieu Madame,
reprit Valantine d'un air
chagrin, j'en croyois au-
tant que vous, avant que
d'avoir connû les Frati-

celles : Les Confeſſeurs
ordinaires m'avoient ſi
bien embroüillé la cer-
velle avec leurs ſcrupu-
les , que je croyois eſtre
damnée ſi-toſt que je
faiſois le moindre men-
ſonge, ou que j'écoûtois
une fleurette avec plaiſir,
mais les Fraticelles ſça-
vent bien guerir une ame
de ces erreurs. Ils diſent
que le peché ·n'eſt que
dans la loy. Non, dit Va-
lantine en ſe reprenant;
ce n'eſt pas comme cela,
c'eſt que la loy n'a eſté
faite que pour le peché;
qu'avant

qu'avant la loy le peché
qui est peché n'estoit
point peché : Enfin je ne
sçay comme ils arrangent
cela , je ne sçaurois bien
dire comme eux. Voyez-
les vous mesme Mada-
me , au nom de Dieu , &
puis vous me ferez l'hon-
neur de me dire ce que
vous penserez d'eux. Hor-
tence ne promit pas à Va-
lantine pour ce jour là de
voir les Fraticelles. Elle
disoit que naturellement
elle n'aimoit pas les nouvelles connoissances ,
qu'elle avoit assez de gens

III. Partie.   D

voir pour occuper tout le
loisir que ses affaires luy
laissoient. Mais cette Féme
sceut la persecuter d'une
telle sorte, & la Princesse
estoit d'un temperament
si doux & si complaisant,
qu'enfin elle obtint d'elle
qu'elle verroit les Freres
une fois en sa vie. Le jour
pris pour cette visite, &
Frere Conrard averty par
Valantine de l'heure où
elle devoit se faire ; il ne
faut pas demander s'il fit
de son mieux pour relever
sa bonne mine. Il prit une
robe neuve, fit faire sa

barbe, nettoya ſes dents, décraſſa ſes mains , & allant au devant de la Princeſſe , pour la remercier de l'honneur qu'elle leur faiſoit , il n'oublia aucune des grimaces qu'il crût neceſſaires , pour rendre ſa harangue plus agreable. Il eſtoit un des hommes du monde le mieux fait : Il avoit l'eſprit inſinuant, & il avoit attrapé le bel air de Bigoterie, comme un Courtiſan attrape le bel air de la Cour. Hortence fut donc fort ſatisfaite de ſa

D ij

veuë ; & apres les premiers difcours la Princeffe l'ayant prié de vouloir luy expliquer l'efprit de fon Ordre : Madame, luy dit-il , noftre Ordre n'a pour but que la charité : Nous eftudions les defauts des hommes dans le filence, & dans l'efprit de compaffion, & nous tâchons à les corriger par de petits exemples familiers : fi le vice d'un Mary eft la jaloufie, nous luy en faifons connoiftre l'inutilité par le nombre prefque infiny des Efpoux foupçonneux , dont les foupçons n'ont fervy qu'à les rendre plus miferables. Si le defaut d'une Dame eft la coquetterie, nous luy reprefentons plufieurs Coquettes que ce vice a precipitées dans le mal-heur , & dans l'ignominie ; & comme nous avons remarqué par une longue experience , qu'il eft plus aifé de. détruire la nature par la nature, que d'élever une ame au deffus d'elle mefme par des raifonnemens furnaturels , nous prenons

des armes pour combat-
tre le vice dans le vice,
& c'eſt par le portrait du
monde que nous refor-
mons le monde. Mais
mon Frere, interrompit
Hortence, n'entre-t-il
point un peu de médi-
ſance dans cette conduite
de direction ? car en ci-
tant les exemples d'au-
truy de cette ſorte, vous
declarez les imperfec-
tions du prochain à ceux
qui ne les ſçavoient peut-
eſtre pas. Madame, reprit
Conrard, il eſt quelques-
fois bon de faire un petit

mal pour en retirer un
grand bien. Lors qu'un
homme ne connoiſt pas
ſes defauts dans ſa per-
ſonne, il faut les luy faire voir dans ſon prochain
où l'amour propre ne les
luy déguiſe pas ; & pour
peu que de l'examen d'au-
truy on le faſſe rabatre ſur
luy-meſme, on le fait
convenir par ſa propre
raiſon qu'il eſt honteux
de pratiquer ce qu'il con-
damne dans les autres. Et
ne pourroit-on pas, reprit
la Princeſſe, le faire convenir de cette maxime,

par les préceptes de l'E-
vangile, & par les exem-
ples generaux, fans entrer
dans le détail des de-
monftrations particulie-
res ? car fur quelque fondement qu'on eftabliffe
la publication des vices
du prochain, je la tiens
toûjours dangereufe. Il y
a de certaines Hiftoires
que l'imprudence des
intereffez a commifes au
public, fur lefquelles on
n'étoit pas obligé de garder de grandes mefures,
mais celles qui font en-
core fecrettes, ou qui ne
font

font fceuës que de peu de gens, croyez-moy mon Frere, c'eft une efpece d'homicide que de les declarer. Nous ménageons le tout prudemment, Madame, repliqua le Frere, & le ton que nous donnons aux chofes, en change le fens. Ce qui feroit une médisáce criminelle dans la bouche d'un mondain, paffe pour une inftruction charitable dans celle d'un homme en reputation de pieté. Le Privilege de la Devotion enfer-

III. Partie.   E

me de grádes permiſſiós,
& ſi cela n'eſtoit pas, Madame, comment un Di-
recteur public pourroit il
manier tant d'ames diffe-
rentes, & concilier tant
de ſentimens oppoſez? Il
faut bien qu'il luy ſoit
permis de piller tantoſt
ſur la vertu, & tantoſt ſur
le vice, ce qu'il juge neceſſaire à l'accompliſſe-
ment de ſon deſſein. Quád
un Penitent ſe confie à
l'integrité de ſes mœurs,
& à la connoiſſance qu'il
a des preceptes divins, il
faut l'épouvanter ſur la

bonne opinion de luy-
mefme, afin de le rendre
docile. Il pourroit pratiquer la vertu dans fa plus
haute perfection , qu'il
faudroit luy dire qu'il eft
dans le chemin du vice,
parce (comme remarque
tres-bien noftre grand
Hermâne) que tout hom-
me qui marche fans la
conduite d'un Directeur,
eft toûjours en danger de
s'égarer , & ainfi pour accoûtumer le Penitent à fe
laiffer conduire aveugle-
ment, il faut foûmettre
toutes fes connoiffances

à celle du devot perſonnage qui le dirige. La ſoûmiſſion aux ordres du Directeur eſt un ſaint eſclavage qui ne laiſſe rien de libre à celuy qui veut eſtre dirigé : il faut qu'il croye ſans voir, qu'il ſe laiſſe perſuader ſans entendre, qu'il obeïſſe ſans repliquer. Mais Madame, plût à la bonté du Ciel que je pûſſe reduire en pratique avec vous, les petits enſeignemens que je prens la liberté de vous dóner aujourd'huy : quelle joyé extrême ſeroit-ce

pour noftre Ordre, & pour
le moindre de tous les
Fraticelles , voftre tres-
refpectueux ferviteur Frere Conrard , que de re-
duire à la fainte foûmif-
fion (dont je parle) la
grande , l'éclairée , & la
toute parfaite Princeffe
Hortence ? Ha ! que nous
edifierions un riche Tem-
ple à la Vertu, fur le fondement de vos belles in-
clinations , & que l'ac-
croiffement d'une Plan-
te fi rare apporteroit de
gloire à celuy qui feroit
affez heureux pour la cul-

tiver. Frere Conrard fai-
soit ce qu'en commun
Proverbe on appelle mor-
dre à la grappe, quand il
tenoit ce discours à la
Princesse Rom. : ses yeux
petilloient d'un feu extraordinaire : son teint estoit
animé d'un incarnat ecla-
tant, & Frere Robert vou-
lant le faire remarquer en
cét estat à la belle Hor-
tence; Voyez, disoit il ,
comme la charité trans-
porte nostre Superieur.
Hortence ne pût appren-
dre que cette legere par-
tie de la Doctrine des Fra-

ticelles pour ce jour-là : car elle avoit une affaire importante, qui l'appelloit auprès du saint Pere; mais quelques jours apres elle eut une occasion d'en sçavoir beaucoup davantage. Il y avoit à Rome en ce temps-là un Devot personnage de l'Ordre de saint Dominique, qui est mort Archevêque de Florence, & qui a esté une des plus grandes Lumieres de l'Eglise. Il se nommoit Antonin , & bien qu'il ne fust pas encore arrivé au degré de

perfection où il est par-
venu depuis ; il avoit de
si grandes dispositions à
y parvenir, que la pieuse
Hortence l'estimoit au
dernier point. Il vint luy
faire une visite quelques
jours apres celle qu'elle
avoit faite aux Fraticelles;
& la Princesse ayant ac-
coûtumé de rédre compte
à Antonin, lors qu'elle le
voyoit de ce qu'elle a-
voit fait depuis qu'elle
l'avoit veu ; elle luy dit
comme elle avoit esté aux
Fraticelles;& elle s'apprê-
toit à luy raconter la con-

verſation de Frere Con-
rard & d'elle ; mais An-
tonin l'interrompant au
premier mot; Pour Dieu,
Madame , luy dit il, ne
voyez point ces gens-là:
Ils ne ſont rien moins que
ce qu'ils paroiſſent ; & je
ne croy pas mourir ſans
les voir exterminez par
tous les foudres de l'E-
gliſe. Hé pourquoy? s'é-
cria la Princeſſe toute ſur-
priſe : je ne leur ay rien
entendu dire qui merite
cette Prophetie. Ils ont
une conduite de direction
particuliere , & il entre

peut-eftre au tant d'intereft que de charité, dans
le foin qu'ils prennent
de pacifier toutes les familles de Rome. Mais
Antonin? à deffein de s'é-
tablir, n'eft pas affez cri-
minel pour attirer fur eux
les foudres dont vous les
menacez; & fi nous exa-
minions rigoureufement
les Communautez les plus
regulieres, il n'y en a
peut-eftre guere que nous
ne trouvaffions tachées
de ce defaut. Il eft vray,
Madame, reprit Antonin,
que l'avarice eft devenuë

un mal commun : je la trouve deteſtable dans les gens conſacrez à Dieu, qui doivent s'abandonner au ſoin de la Providence, & pour qui ont eſté pro-noncez en particulier ces paſſages *des oyſeaux du Ciel & des lis de la Terre;* mais comme vous l'avez tres-bien remarqué; tant de Communautez ſont ſujettes à ce defaut, que je ne l'imputerois pas aux Fraticelles comme un vice particulier, ſi je ne les accuſois que de celuy-là. Mais Madame, je les

accuse de bien d'autres.
Ils pratiquent une hypo-
crisie pernicieuse qui cache l'amour d'eux-mêmes
sous un exterieur morti-
fié. Ces gens qui contre-
font les Anacoretes, &
qui souffrent qu'on les
flate de ce titre, ne voudroient pas s'estre refusée
la moindre des commo-
ditez de la vie : leur bouche ne s'ouvre que pour
médire ; & sur le pretexte
de combattre des vices
qu'ils pratiquent en se-
cret, ils nous découvrent
impitoyablement toutes

les foibleſſes du prochain.
A quoy eſt bonne cette oſtentation de prieres nocturnes ? n'eſt-il pas de l'exemple qu'on doit au public, de ſe trouver aux aſſemblées generales des Chreſtiens ? ſi on veut prier la nuit, qu'on prie en ſecret & en ſilence, & qu'on n'éveille point tout ſon voiſinage pour avertir celuy qui dort, des veilles qu'on va faire. Les prieres de ces heures-là ne ſont permiſes qu'aux Religieux, ou aux perſonnes qui font profeſſion ou_

verte d'estre consacrées à
Dieu, & ce ne peut estre
que par le motif d'une
vanité criminelle, que les
Fraticelles assujettissent
les Femmes du monde à
cét usage. Mais, interrompit Hortence, ces choses
qui seroient abomina-
bles, si elles cachoient
une méchante intention,
peuvent en avoir une
bonne. Pourquoy ne vou-
lez-vous pas que les Fraticelles soient en effet tels
qu'ils se montrent en ap-
parence? C'est parce, re-
partit Antonin, que ceux

qui font pieux veritable-
mét, s'efforcent de cacher
leur pieté, & que les Fraticelles s'efforcent de faire
paroître la leur. Le caractere de la charité eft fimple & modefte : ne voyez-
vous pas avec quelle hu-
milité le Fils de Dieu dé-
fendoit aux Lepreux net-
toyez, de dire qu'il les
avoit gueris? Examinez la
conduite des Fraticelles:
fuivent-ils cette voye du
Seigneur? au contraire ils
font fonner la moindre de
leurs actions, comme un
prodige: Ils appellent du

nom de Conversion le pas
le plus ordinaire vers la
Penitence: A les entendre,
il n'y a d'Hospitaux soûte-
nus que par leur moyen ;
sans leurs soins & sans
leurs predications, tous
les pauvres de Rome
mourroient de faim : les
familles les plus illustres
seroient divisées, si leurs
conseils ne les mainte-
noient dans l'union. Hé,
Madame, à parler en vraye
charité, qu'ay-je affaire de
sçavoir que mes Freres
sont durs aux necessitez
des pauvres , & qu'une
telle

telle & une telle estoit mal avec son Mary: qu'ils fassent le bien s'ils en trouvent l'occasion, mais qu'ils ne se vantent pas de l'avoir fait, de peur qu'en m'apprenant le remede dont ils ont été contraints de se servir, ils ne m'apprennent la nature de la maladie. L'éloquéce d'Antonin estant animée d'un zele veritablement Chrêtien, & soûtenuë par l'estime qu'Hortence avoit pour ce grand homme, fit un effet admirable sur l'ame de la Princesse. Elle

III. Partie. F

repaffa dans fa memoire
ce qu'elle avoit vû faire
à Frere Conrard; combien
fes difcours eftoient conformes à la vanité & à la
détraction qu'Antonin at-
tribuoit à cét Ordre; comme Frere Robert faifoit
obferver les actions de
fon Superieur, & tombant
d'accord que fi ces Reli-
gieux eftoient tels qu'Antonin les reprefentoit ,
c'eftoit une chofe utile au
bien de l'Eglife, que d'ex-
terminer leur fecte ; elle
promit au faint Homme
de les examiner avec

beaucoup de foin & d'em-
ployer tout le credit
qu'elle avoit fur l'efprit
du faint Pere , pour les
perdre , fi elle trouvoit
qu'ils pratiquaffent les
vices dont il les croyoit
capables. Antonin avoit
un intereft particulier à la
perte des Fraticelles que
la Princeffe ne fçavoit
pas , & que fa difcretion
l'empêchoit de luy decla-
rer. Ces hypocrites avoient
feduit une fœur qu'il a-
voit , & fur le pretexte
d'appaifer quelques legers
debats qu'elle avoit avec

son Mary, que le téps & la raison auroient appaisez sans l'aide de personne, ils s'estoient impatronisez dans cette famille, disposoient des biens & des revenus comme de leur propre ; & gouvernant à leur gré l'esprit du Mary & de la Femme, ils attiroient sur eux les railleries de tous les gens de bon sens, & les murmures de tous leurs domestiques. Il est donc aisé de juger qu'Antonin ne laissa pas oublier à Hortence la promesse qu'elle luy avoit

faite : il en preſſa l'execu-
tion de tout ſon pouvoir,
& la Princeſſe autant à ſa
priere que par un motif
de pieté, voulant exami-
ner la conduite ſecrette
des Fraticelles, ne paſſoit
preſque pas un jour ſans
aller à leur Convent. Frere
Conrard attribuant cette
aſſiduité à une cauſe toute
oppoſée à la veritable,
cultivoit de ſon mieux ce
commencement de bon-
ne fortune. Il envoyoit
des fleurs ou des fruits à
la Princeſſe tous les ma-
tins : il n'y avoit aucune

des Penitentes des Freres,
qui ne fuſt occupée à
faire quelques petits ou-
vrages pour Hortence, ou
qui à ſon defaut ne fiſt
travailler toutes les Reli-
gieuſes qu'elle connoiſ-
ſoit dans Rome. Toutes
ces avances de reſpect
& de ſoins officieux, confirmoient la Princeſſe
dans l'opinion qu'elle
avoit conceuë d'abord,
que les Fraticelles mê-
loient beaucoup de poli-
tique à leur charité ap-
parente : elle trouvoit
meſme qu'il entroit une

médifance delicate dans toutes leurs converfations; mais elle ne remarquoit encore aucune des abominations dont Antonin ne cefloit de les accufer. Frere Conrard qui fçavoit que de l'eftime d'Hortence dépendoit l'entier eftabliffement ou la ruine des Fraticelles, ne s'ouvroit qu'à demy avec elle fur les erreurs dont il infectoit les autres. Mais enfin, la Princeffe leur ayant rendu affez de vifites pour leur perfuader

qu'elle estoit pleinement
dans leurs interests , &
les necessitez du Convent
pressant Conrard de met-
tre la main à l'œuvre ; il
commença à loüer la
beauté d'Hortence , avec
plus d'empressement qu'à
l'ordinaire : il cherchoit
des termes galans pour
luy expliquer les myste-
res les plus serieux. Et un
jour que la Princesse alloit
en pelerinage à une Nô-
tre Dame qui est à quel-
ques milles de Rome, où
elle avoit bien voulu permettre que Frere Con-
rard

rard l'accompagnaſt, les Religieux eſtant fort reverez en Italie : les perſonnes de la ſuite de la Princeſſe crûrent devoir au Superieur des Fraticelles le reſpect de le laiſſer ſeul aupres d'elle. Cette commodité le tenta : il prit le paraſol d'Hortence des mains d'un eſtafier qui le portoit, & il la ſupplia de permetre qu'il luy rendiſt ce petit ſervice. La Princeſſe y conſentit, & Frere Conrard ſe tenant tres-honoré de ce conſentement ; Certes, Madame, luy dit-il en forme de remerciment, on a raifon de dire, que la Beauté eft un rayon de la Divinité : car on ne voit point de perfonnes admirablement belles, qui ne foient auffi infiniment bonnes. Il femble que ces deux chofes foient infeparables, & le Createur a fi bien voulu faire connoiftre la complaifance qu'il a prife dans les belles Creatures, qu'il leur départ d'ordinaire les deux attributs qui luy font les plus propres. Hortence soûrit du compliment du faux Frere, & jugeant bien que cette conjoncture estoit propre, pour éclaircir les doutes d'Antonin; J'avois crû jusques icy, reprit-elle, que la Beauté des corps estoit une qualité dont Dieu ne faisoit guere de compte. La rencontre de quelques Astres, ou la disposition de la nature font les personnes belles ou laides; mais cette laideur ou cette beauté sont si peu utiles à la gloire de Dieu, que nous voyons d'ordi-

naire que les plus belles
Femmes font les plus fu-
jettes à l'ingratitude envers le Createur. Qu'ap-
pellez-vous ingratitude
envers le Createur ? interrompit Conrard froide-
ment. J'appelle ingrati-
tude, reprit la Princeffe,
de faire fervir les talens
qui nous ont efté donnez
de Dieu pour manifefter
fa Puiffance, au culte de
fes ennemis, comme le
font tous les jours la plus
grande partie des belles
perfonnes. Ha Madame,
s'écria le Frere, que vous
comprenez mal ce que

c'eſt qu'ingratitude. Tant
s'en faut que ce ſoit offen-
ſer Dieu, que de ſe ſer-
vir des talens qu'il nous a
donnez, que le peu d'uſa-
ge qu'on en fait, eſt-ce
qu'on peut appeller veri-
tablement ingratitude en-
vers le Createur. Car,cóme
dit tres-bien nôtre grand
Hermâne ; pourquoy le
Seig. auroit-il crée la beauté, ſi ce n'étoit pour plaire?
& pourquoy auroit il dóné
aux Belles ce pouvoir de
charmer, ſi c'eſtoit un crime que d'eſtre charmé? La
Princeſſe voyant le Frere
Conrard en ſi belle hu-

meur de caufer, ne vou-
lut pas luy faire une ré-
ponfe qui luy impofaft le
filence, au contraire elle
crût qu'il faloit profiter
de cette occafion. Mais
mon Frere, luy dit-elle,
vous me citez fi fouvent
voftre Hermâne: Je vous
prie expliquez-moy bien
fa doctrine. Ie fçay que
vous la prêchez plus clai-
rement à quelques autres
perfonnes que vous ne me
l'avez prêchée, & j'eftois
refoluë à me plaindre de
cette referve, le premier
jour que je me trouverois

seule avec vous. Frere
Conrard treffaillit de joye
à cette curiofité de la Princeffe : il y avoit long-
temps qu'il l'attendoit à
ce paffage. Madame, luy
dit-il avec une allegreffe
qu'il ne pouvoit diffimu-
ler, nous ne fommes ny
refervez pour vous, ny
vous ne manquez d'aucu-
ne des difpofitions qui
font neceffaires, pour
bien comprendre les fe-
crets de noftre doctrine;
mais le bien - heureux
Hermâne a dit des chofes
fi nouvelles, & il faut

les écouter avec une soûmiſſion ſi profonde, que je doutois ſi vous voudriez bien vous aſſujettir à l'obeïſſance requiſe pour les bien entendre. Ouy mon Frere, je m'y aſſujettiray, repartit la Princeſſe, & à ces mots s'aſſeyant au pied d'un arbre où il y avoit un gazon ombragé, Mettons nous là, pourſuivit elle, je ſuis laſſe, & nous pourrons donner une heure à la converſation ſans craindre de manquer de temps pour achever noſtre voyage. Frere

Conrard s'aſſit aux pieds
d'Hortence, ſi tranſporté
de joye, qu'à peine il pouvoit la contenir dans ſon
cœur, & les gens de la
ſuite de la Princeſſe s'é-
tant aſſis quelques pas
derriere, d'où ils ne pouvoient entendre les diſ-
cours du Fraticelle, il
commença ſon Sermon
de cette ſorte.

L'Amour eſt auſſi na-
turel à l'homme que
la vie. Le monde n'eſt fait
& ne ſe ſoûtient que par
luy, & cette Venus des

Anciens, qu'ils pretendoient animer toute la nature, n'eſt autre choſe que le deſir qu'on voit dans chacque Creature de s'unir à ce qui luy eſt propre. Ce deſir degenere en inſtinct dans les animaux ; il devient une pente naturelle vers le centre dans les choſes inanimées & il eſt la marque viſible de l'ame dans l'homme. Il ne luy eſt pas plus naturel de dormir, de manger, & de faire les autres fonctions de la vie, que d'aimer, & ſi l'amour eſt naturel aux gens du monde, que tant d'autres paſſions

tyrannisent & que tant d'oc-
cupations appliquent, combien
doit-il l'estre à nous autres,
qui délivrez de l'activité
continuelle des mondains,
passons toute nostre vie
dans une bien heureuse oisi-
veté? Nous sommes aujour-
d'huy ce que nous serons de-
main, aucune dignité ne
nous donne d'envie, aucune
crainte de manquer ne nous
chagrine : si nostre gourman-
dise est bornée, nostre sub-
sistance est assurée. Ha ;
Madame, est-il rien au
monde de pareil à un Religieux, pour recevoir parfaite-

ment les impreßions de l'a-
mour? C'est cette disposition
physique & morale, qui peuple le Ciel de Saints depuis
ſi long-temps, car le Religieux
ſe trouvant ce deſir naturel
d'aimer, que chacun apporte
en venant au monde, ce deſir
n'eſtant point traverſé par
l'ambition, par la vengeance,
& par tant d'autres paßions
qui troublent le cœur des
mondains; il aime de toute ſa
force, de toute ſon ame, de
toute ſon application, comme
ſaint Paul l'enſeigne. Mais
comme parmy les Animaux
il y en a qui ſont propres à

la course, & d'autres à la
charge; parmy les Religieux
les uns sont propres à aimer
d'une espece d'amour, & les
autres d'une autre. Le Reli-
ligieux destiné à aimer Dieu,
abandonne son cœur à l'amour
divin, & voilà ce qui a fait
tant de Martyrs, & tant de
Confesseurs. Le Religieux qui
n'est pas prevenu d'une incli-
nation si violente pour le
Ciel, s'éleve au Createur par
la contemplation des creatures,
& voilà ce qui compose la
vocation des Fraticelles. Nous
aimons Dieu de tout nostre
cœur, mais nous l'aimons

répandu dans les choses d'icy-
bas ; les commoditez de la
vie nous font admirer sa
bõté:*Vôtre beauté*, *Madame*,
poursuivit le faux *Frere* en
regardant *Hortence* avec
beaucoup d'amour , me fait
adorer sa toute-puiſſance :
quand je voy le charme qu'il
a répandu ſur voſtre perſonne,
& dans vos actions je
comprens qu'il n'y a qu'un
Dieu qui puiſſe vous avoir
creée ſi parfaite, & remontant
ainſi au principe *Eternel* de
toutes choſes , par les effets
naturels qui en ſont émanez,
je joüis pour ainſi dire des

delices du Ciel, & des plaisirs
de la terre, en mesme temps
mon cœur se partage entre
l'amour Divin, & l'amour
profane, sans sacrilege : &
cherchant Dieu par tout &
en tout, je puis dire que mon
Hermane m'apprend à le
trouver dans les choses qui
semblent luy estre les plus
opposées.

Voilà une doctrine bien
particuliere, reprit Horté-
ce, & vous avez raison de
dire quelle comprend
de grandes nouveautez ;
mais mon Frere, comment

Les Fratic.

l'accommodez-vous avec la doctrine ortodoxe de l'Eglise ? car il me semble que je la trouve toute contraire à celle que vous enseignez. L'Evangile nous apprend qu'il faut regarder cette vie comme un passage : le Fils de Dieu ne nous prêche autre chose que le détachement des creatures: il faut renoncer aux richesses, & aux parens pour le suivre : & vous autres Fraticelles, vous le trouvez au milieu de tout ce qu'il commande de

fuïr

fuïr pour arriver jufques à
luy : faites - moy com-
prendre ce fecret, je vous
en conjure. Il eft grand,
Madame , repartit Con-
rard , & bien digne de la
fubtilité de voftre efprit.
Nous cherchons les def-
feins de Dieu dans tous
fes ouvrages, & comme
nous jugeons qu'il a eu
deffein de créer l'homme
heureux, puifqu'il l'a fait à
fon Image, nous travail-
lons à eftablir fa felicité
par toutes les chofes qui
peuvent la rendre parfai-
te. A la verité , comme
   III. Partie.   H

tous les hommes n'ont pas esté capables de ce raisonnement, & qu'il y en a eu d'assez inhumains pour faire des loix , & pour establir des maximes tres-cótraires à la felicité de la vie. Nous accommodons nostre exterieur au plus grand nombre, & nous paroissons tels qu'il faut paroistre ; mais c'est toûjours dans la veuë détablir nostre bon-heur : car nous envisageons l'estime publique , comme une des conditions necessaires à le rendre par-

ait. La Princesse ne crût
pas avoir besoin d'écou-
ter Frere Conrard plus
long-temps, pour demeu-
rer persuadée des crimes
qu'Antonin avoit attri-
buez aux Fraticelles, le
discours qu'on venoit de
luy faire estoit remply de
tant d'erreurs , & l'hypo-
crisie dont le Frere estoit
tombé d'accord en le
finissant, estoit si formelle,
qu'il ne faloit rien y ajoû-
ter. Elle se leva comme si
elle avoit apprehendé
que le temps ne fût trop
court pour achever son

voyage , & diſſimulant
l'horreur qu'elle avoit
conceuë des preceptes
d'Hermâne , elle laiſſa
concevoir de grandes eſ-
perances à Frere Conrard,
qu'elle alloit devenir la
plus zelée de ſes Sectatri-
ces. Mais certes, il eſtoit
bien deceu dans ſon opi-
nion. La Princeſſe ne fut
pas ſi toſt revenuë à Rome,
qu'elle alla trouver le ſaint
Pere, & l'aſſurant avec
toute la probité dont il
ſçavoit qu'elle étoit pourveuë, que les Fraticelles
eſtoient des heretiques,

& des impies qui cachoiét une vie débordée sous un exterieur estudié, elle conjura instâment sa Sainteté, de faire interroger ces gens sur leur doctrine, & de remedier aux desordres qu'elle alloit apporter dans l'Eglise, si on ne se hastoit d'en arrester le cours. L'accusation d'Hortence estoit importante, & elle avoit un grand pouvoir sur l'esprit du saint Pere, mais il estoit si prevenu à l'avantage des Fraticelles, que le credit de la Princesse

échoüa contre cette pre-
vention. Deux officiers du
Pape, des principaux de
fa maifon & des plus che-
ris de luy, dont l'un eftoit
le Beau-frere d'Antonin,
avoient époufé deux fem-
mes d'un âge qui n'affor-
tiffoit pas au leur. La fœur
d'Antonin eftoit une jeu-
ne perfonne tres-belle, &
tres-enjoüée , fon mary
eftoit un Philofophe me-
lancolique , qui eftoit
prefque fexagenaire , &
la fœur de cét homme à
peu pres de fon humeur,
& d'un âge approchant

du sien, auoit épousé un jeune Chevalier Romain, qui l'avoit prise pour son bien, & qui estoit pourveu de beaucoup de mépris pour sa personne : la jeune épouse se plaignoit incessamment des froideurs du vieux mary, & la vieille femme ne pouvoit supporter les mépris du jeune époux. Les Fraticelles trouverent le secret d'appaiser ce desordre, ils remirent la paix dans ces deux familles, où la guerre sembloit devoir estre aussi longue que la vie des in-

tereſſez; & ce trait de prudence leur ayant acquis
l'eſtime particuliere de
ces deux hommes, ils
avoient mis le ſaint Pere
dans leurs intereſts.   Il
reprit donc Hortence ai-
grement de la facilité
avec laquelle elle rece-
voit ces impreſſions deſ-
avantageuſes, & luy dé-
fendant de parler jamais
des Fraticelles qu'avec
reſpect, il la mit dans une
telle colere de voir ſon
authorité balancée, qu'elle jura de n'avoir aucun
repos qu'elle n'eût exter-
miné

miné cette secte : elle redouble ses assiduitez aux prieres, & aux assemblées. Bien que le Frere Conrard n'osast encore luy faire part des mysteres secrets, qui se traitoient dans les conferences nocturnes, elle crût en voir assez pour deviner ce qu'elle ne voyoit pas : elle rendoit un compte fidelle à Antonin de ce qu'elle remarquoit, & tirant des aveus ingenus de Valantine, qui confirmoient ses doutes, elle n'attendoit qu'une preuve

III. Partie.   I

authentique de ce qu'elle
sçavoit , pour se rendre
dénonciatrice déclarée
contre les Fraticelles,
lors que le Frere Conrard
la luy fournit. On estoit
alors en ce temps de l'année où suivant la coûtu-
me de Rome on va sou-
haiter longues années
aux personnes de qualité,
& on accópagne d'ordi-
naire ces souhaits de pe-
tits presens. Frere Con-
rad comme le plus regu-
lier, & le plus empressé,
fut des premiers à s'ac-
quitter de ce devoir : Il

envoya faire fon compli-
ment à la Princeffe , &
luy fit prefenter de fa part,
un Portrait d'Hermâne,
dont la bordure eftoit
travaillée avec beaucoup
d'Art & enrichie de pier-
res precieufes. Ce nou-
veau Saint du Paradis
d'Epicure , eftoit veftu
en Fraticelle , il eftoit
dépeint à genoux devant
un Crucifix, le front cou-
ronné d'épines, & il te-
noit une tefte de Mort
entre fes bras. Ces mots
eftoient écrits en gros

caractere au bas du Ta-
bleau :

QVI L'APPROVVE DOIT L'IMITER.

Antonin eſtoit aupres
d'Hortence lors qu'elle
receut ce preſent, & la
Princeſſe le regardant
tendrement; Voyez An-
tonin ; luy dit-elle, comme ces hypocrites abu-
ſent des Tableaux de la
Penitence; à quelles per-
ſonnes ils les appliquent,
& quels exemples ils nous

proposent à imiter. Ceux qu'ils voudroient que vous suivissiez, Madame, reprit Antonin ; mais il ne faut pas les laisser plus long-temps dans la liberté de vous les propoſer, il faut preſſer une perte ſi neceſſaire au bien commun de l'Egliſe, & les momens que nous differons, ſont autant de conjonctures favorables dont nous leur donnons les moyens de profiter. Ie n'oſerois vous dire ce que je découvre tous les jours de l'abomination

I iij

de ces miferables : je ne veux pas imiter leur indifcretion en vous declarant des crimes que vous ne fçavez pas : mais croyez moy, Madame, il n'y a plus de ménagement à garder dans cette affaire, & vous répondrez à Dieu des Ames qu'ils corrompront depuis le moment que vous pourrez les perdre jufques à celuy où vous les aurez perdus. Mais Antonin, repartit la Princeffe toute effrayée, puis-je faire autre chofe que

ce que j'ay déja fait ? Je
leur ay donné l'occaſion
de me déclarer leurs er-
reurs : je les ay rapportées
au ſaint Pere, & je les ay
appuyées de mon témoi-
gnage. Il faut faire plus
encore, interrompit An-
tonin : il faut faire des
avances de confiance,
qui attirent la leur, & ſi
j'en ſuis crû, vous écrirez
un remerciment à Con-
rard pour le preſent qu'il
vous a envoyé, qui l'obli-
gera à vous répondre
quelque galanterie, &
qui le conduira inſenſi-

blement dans le piege
où il faut taſcher à le faire
tomber. Cette propoſi-
tion fit fremir la ſage
Hortence, elle enfermoit
une eſpece de trahiſon
dont ſon ame eſtoit inca-
pable, & elle ne pouvoit
ſe reſoudre à voir une de
ſes lettres dans les mains
de Conrard par quelque
motif que ce fuſt; mais
Antonin ſceut ſi bien luy
repreſenter les neceſſitez
qu'il y avoit d'arreſter le
cours d'une ſecte ſi perni-
cieuſe, & bien que la
charité ne luy permiſt pas

de luy dire tout ce qu'il
sçavoit des assemblées
des Fraticelles, il luy en
donna une idée si horri-
ble, qu'elle prit la plume
au mesme moment, &
écrivit ces mots à Frere
Conrard.

*D'Où vient mon Frere
que vous me proposez
à imiter des mortifications &
des exemples de penitence à
suivre? est-ce là le chemin de
cette felicité, que vostre Hermâne nous promet? & ne dois-
je pas vous accuser d'une défià-
ce injurieuse, quand je voy les*

marques *visibles de voſtre*
eſtime, ſi peu conformes à ce
que je ſçay de vos ſenti-
mens.

Qui pourroit exprimer le
raviſſement de Frere Con-
rard à la reception de ce
billet ? Il fit des extrava-
gances que les mondains
les plus emportez au-
roient honte de faire : &
ne voulant manquer cette
occaſion de déclarer ce
qu'il avoit dans le cœur,
il fit cette réponſe à la
Princeſſe.

Vous jugez mal des sentimês de mon ame, Madame, si vous croyez qu'elle puisse se déguiser avec vous. Penetrez les apparences qui vous abusent, & vous trouverez que c'est mon cœur luy-même, qui s'est dépeint dans le Tableau que vous avez receu.

Celuy qui apportoit ce billet à la Princesse, avoit ordre de luy dire qu'elle passast une éponge moüil-lée sur le Tableau d'Her-mâne, & comme Antonin avoit voulu attendre la réponse de Conrard, la Princesse & luy firent ce que le Frere avoit mandé de faire , mais ils furent bien surpris de remarquer qu'à mesure qu'ils frot-toient le Tableau avec l'éponge , ils en chan-geoient la forme. L'Her-mâne qu'il representoit, n'estoit qu'en détrempe, & dessous cette figure il y avoit un amour couché sur un gazon, dont la tête estoit couronnée de ro-ses, & qui au lieu de la tête de mort du Penitent,

embraſſoit un panier de
fleurs autour duquel eſ-
toient écrites ces parol-
les :

*Moins des jardins, que de
mon cœur.*

Le mot d'Hortenſia, ſi-
gnifie chez les Italiens la
Déeſſe du Iardinage, &
ainſi ce panier de fleurs
faiſant alluſion au nom
que la Princeſſe portoit,
exprimoit une declara-
rion d'amour tres-juſte &
tres - intelligible. Sans
mentir s'écria le pieux

Antonin , lors qu'il eut
fait cette remarque : Voilà
une galanterie bien fine,
pour eſtre d'un Moine. Il
eſt aiſé de juger que ce
n'eſt pas ſon apprentiſ-
ſage ! mais helas ; pourſui-
vit-il d'un ton plus ſe-
rieux : il a dit plus vray
qu'il ne penſoit , lors qu'il
a mandé que ce Tableau
eſtoit le Portrait de ſon
cœur. Quand on regarde
les actions des hypocrites
en détrempe, ce n'eſt que
croix & que mortifica-
tions , mais ſi on paſſe
l'éponge de la penetra-

tion fur ces apparences trompeufes, on découvre qu'elles cachent les vices les plus deteftables. A ces mots il prit le Tableau & le billet des mains de la Princeffe & il la fupplia de trouver bon qu'il les portaft à fon Beau-frere, afin de commencer par luy à détromper les gens préoccupez. Le ze-le d'Hortence la pouffoit à faire voir ce Tableau au faint Pere plûtoft qu'à aucun autre, comme ef-tant celuy qui devoit pu-nir les faux Freres de

leur hypocrifie ; mais outre qu'Antonin ne croyoit
pas le Tableau fuffifant
pour détromper fa Sain-
teté, il craignoit de faire
tort au mary de fa fœur,
s'il déclaroit fon erreur
fans luy avoir donné le
temps de prevenir les re-
proches qu'elle meritoit.
Cette precaution fut mê-
me utile à plus d'un ufa-
ge : car le Beau-frere
trouva d'abord des rai-
fons fi apparentes, pour
défendre Frere Conrard,
qu'il auroit rompû ce fe-
cond coup comme le pre-
mier,

mier, s'il avoit parlé en
prefence du faint Pere. Ce
qu'Hortence publioit des
impietez de ces Freres,
eftoit, difoit-il, des points
de doctrine qu'elle avoit
mal expliquez: le Tableau
eftoit un emblefme pieux,
qui exprimoit que les ve-
ritables Penitens trou-
voient des fleurs dans les
mortifications les plus
aufteres : Les paroles qui
eftoient écrites autour du
panier l'embaraffoient un
peu, mais il affuroit que
Frere Conrard y donne-
roit un fens innocent, fi

III. Partie.   K

on le luy demandoit, &
pouſſoit la patiéce d'Antonin à bout par cette opi-
niatreté. Mais, luy dit le
ſaintHomme, voulez vous
que je vous faſſe entendre
Frere Conrard parlant
d'amour à la Princeſſe
Hortence, & luy diſant
des choſes directement
oppoſées à la doctrine de
l'Egliſe? Vous ne ſçauriez
avoir fait cela, luy dit le
Beau frere, le Superieur
des Fraticelles eſt trop
pieux & trop aviſé pour
eſtre capable de cette fau-
te. Mais enfin ſi je fais ce

que je vous propose, pourſuivit Antonin, que direz-
vous? Ie diray que mes ſés
me trópent, reprit le bon-
hóme; ou s'il faut qu'ils ne
me trópent point(ce que
je ne croy pas poſſible) je
diray que je ſuis enchanté
preſentement: car je vous
avouë que je croirois plû-
toſt n'eſtre pas ce que je
ſuis, que de croire Frere
Córard autre que ce qu'il
doit être. C'eſt aſſez, repliqua le diſcret Antonin,
laiſſez-moy códuire cette
affaire, &contétez-vous de
garder le ſecret ſur ce que

je viens de vous déclarer:
je faifois un fcrupule de
publier ouvertement la
hôte de cette Cómunau-
té. L'habit qu'elle porte
me forceoit à garder en-
core des mefures, & j'au-
rois voulu les attaquer fur
quelques points de doc-
trine, fans découvrir le dé-
reglemét de leurs mœurs,
mais puis qu'on ne peut
vous ouvrir les yeux que
par un éclat que j'efperois
d'éviter, & qu'au mépris
du refpect que vous devez
à la fœur du faint Pere,
vous vous déclarez le Pro-

tecteur des gens qu'elle
attaque; il faut vous con-
vaincre par voſtre propre
connoiſſance. La Princeſ-
ſe eſt diſcrete & charitable, & par tout autre mo-
tif que celuy de la charité
meſme , j'aurois de la
peine à la faire reſoudre
au fracas où vous la for-
cez, mais quand je luy
auray fait conſiderer l'in-
tereſt que j'ay dans ce deſ-
ſordre, j'eſpere de la bonté qu'elle me témoigne,
qu'elle ne trouvera rien
de trop difficile pour le
faire ceſſer. Antonin tint

religieusement à son Beau-
frere , ce qu'il luy avoit
promis. Il vint voir la Princesse le lendemain , il
l'assura que les Fraticelles corrompoient la plus
grande partie des plus
illustres Dames de Rome
sur le pretexte de leurs
prieres nocturnes , qu'en
feignant de leur appren-
dre la maniere de faire
l'oraison , ils les détour-
noient dans des lieux
particuliers , où ils les
seduisoient par toute sorte de paroles flateuses ,
& de preceptes hereti-

ques ; & finiſſant cette
relation par une remon-
trance, qu'elle eſtoit l'u-
nique perſonne ſur qui
le Ciel jettoit les yeux ,
pour purifier le monde
de l'infection de ces hy-
pocrites ; il la conjura
de ne pas trahir les deſ-
ſeins de Dieu , & de
vouloir attirer Conrard
à un rendez-vous, où il
pût eſtre convaincu de
tous ſes crimes à la fois.
Cette priere effraya d'a-
bord la pudeur de la
Princeſſe , mais Anto-
nin l'appuya de tant

de raiſons, qu'il fit conſ.
ſentir Hortence à ce qu'il
ſouhaitoit. Elle commen-
ce donc à faire compren-
dre au Frere Conrard
qu'elle avoit tres-bien entendu le ſens de ſon bil-
let, que s'il eſtoit confor-
me aux ſentimens de l'a-
me du Frere, il ne l'eſtoit
pas moins au ſentimens
de la ſienne; & flatant l'erreur de cét homme par
mille demonſtrations de
tendreſſe qui auroient ſe-
duit la prudence meſme,
elle obtint de ſa confiance qu'il viendroit la trouver

ver un soir dans sa cham-
bre déguisé en Matrone
Romaine. Elle exigea
de luy ce déguisement,
tant parce qu'il marquoit
mieux la débauche du
faux Frere, que par un
reste de respect pour l'habit Religieux, qui ne luy
permettoit pas de l'expo-
ser aux suites de cette en-
treveuë. Cette Mascarade
parut d'abord suspecte
au Frere Conrard : il ne
pouvoit se resoudre à
quitter son habit : Quel-
que Pelerin sans loge-
ment, le besoin d'ap-

III. Partie.   L

prendre la volonté d'un mourant, ou d'aller confoler une famille affligée, fourniffoient des pretextes pour les forties les plus indifferentes: mais la Princeffe fceut fi bien luy reprefenter, que le nombre de fes domeftiques eftoit trop grand pour luy permettre de cacher un Religieux une nuit entiere dans fon Palais, s'il n'étoit deguifé fous quelque apparence qui détruifift le foupçon, qu'enfin il confentit au déguifement. Il auroit trouvé plus de fûreté à voir la Princesse dans son Convent, & il ne manquoit pas des commoditez necessaires pour la voir à l'heure qu'il luy auroit plû de choisir, mais elle feignoit expres un mal de jambe qui fermoit la bouche au Fraticelle. Voilà donc le jour de l'assignation amoureuse pris & arrivé. Le Beau-frere d'Antonin fut mis dans un cabinet proche du lit d'Hortence, d'où on entendoit tout ce qui se disoit dans la ruëlle, & estoit accompagné de son

camarade de prevention.
La Princesse voulut attendre le Fraticelle dans son
lit , afin de mieux luy
persuader l'incommodité
qu'elle feignoit , & Con-
rard estant bien aise de la
trouver en cét estat, loüa
l'amour dans son cœur,
de cette favorable con-
jonĉure. Hé bien mon
Frere , luy dit Hortence
d'un air engageant, que
direz-vous de la tendresse
que je vous témoigne ?
n'avoüerez vous pas qu'elle est extrême , apres ce
qu'elle me force à faire

pour vous ? Madame , luy dit Conrard en fe baiffant refpectueufement, je n'attendois pas moins d'une perfonne toute divine cóme vous l'eftes, qu'une bonté infinie ; mais s'il eft permis à voftre plus zelé ferviteur, l'humble Conrard, de vous déclarer des veritez que vous ne fçavez peut-eftre pas, vous n'eftes pas la feule Dame qui a eu de ces fortes de bontez pour luy : celles qui l'ont favorifé ne tenoient pas le rang que vous tenez, & n'é·

toient pas si parfaites que
vous l'estes , mais elles
n'estoient pas sans merite,
& les charmes de leurs personnes auroient pû faire la
felicité des courtisans les
plus fortunez. C'est de-
quoy d'autres gens que
vous m'ont déja asurée,
reprit Hortence, & je vous
avouë que cette conside-
ration a beaucoup con-
tribué à vous faire obte-
nir le rendez-vous que je
vous donne. Si j'avois esté
la seule que vous eussiez
entreprise, j'aurois eu de
la peine à me resoudre à

faire ce que je fais, mais Valantine m'a protefté que j'avois tant de compagnes, que cette proteftation a vaincu mes fcrupules. La Princeffe difoit vray, fans que Conrard s'en apperceuft. C'étoit en effet ce que l'illuftre Antonin luy avoit appris de la débauche des Fraticelles, qui l'avoit fait refoudre à les perdre par une voye fi oppofée à fon humeur, mais pour ne pas commettre le nom de ce faint Homme, elle citoit celuy de Valantine, &

L iiij

Frere Conrard fçachant
bien que Valantine pou-
-voit découvrir beaucoup
de leurs affaires, fi elle le
vouloit : il ne fit aucune
difficulté d'avoüer à Hortence ce qu'il crût qu'elle
fçavoit déja. Il eft vray,
Madame , luy dit-il en
faifant l'agreable, que foit
conftellation, foit quelque
petit merite dont j'ofe-
rois me vanter, il ne m'é-
chappe guere de perfon-
ne que je juge digne d'ê-
tre retenuë. Mais com-
ment faites vous pour les
gagner? interrompit Hor-

tence : car pour moy, je
me suis renduë à vos
soins, & aux marques de
vostre amour, mais il n'est
pas possible que vous fas-
siez pour chacque femme
de Rome en particulier
ce que vous avez fait
pour moy. Le loisir de
vostre vie n'y suffiroit pas,
& vos revenus ne pour-
roient fournir aux presens
que vous auriez à faire.
Aussi est-il vray, Mada-
me, reprit le Frere, que
nous ne traitons pas tout
le monde comme nous
avons traité la Grande ;

l'Incomparable Princeſſe
Hortence : Mais, Mada-
me, ces petits ſecrets de
noſtre Cómunauté pour-
roient ſe remettre à un
autre temps. Non, mon
Frere, reprit la Princeſſe
qui reconnut le deſſein de
Conrard, apprenez-moy
de grace toutes les ruſes
dont vous vous ſervez;
les meſures que vous gar-
dez avec les maris, les
ſûretez que vous prenez
contre l'indiſcretion, &
la legereté naturelle de
la plus grande partie de
noſtre ſexe. l'ay un deſir

extrême de fçavoir tou-
tes ces chofes; & vous ne
fçauriez jamais me don-
ner une marque d'amour
qui me foit plus agrea-
ble que l'effet de cette
confiance. Si la Princeffe
Hortence avoit efté une
fimple Dame Romaine ;
elle auroit en vain témoi-
gné de l'impatience de
fçavoir les rufes des Fraticelles , Frere Conrard
l'auroit contrainte à re-
mettre cette converfa-
tion , mais on ne traite
pas avec la fœur d'un Pa-
pe vivant comme avec

une particuliere. Il falut
qu'il obeïst à ses ordres,
quelque peine que cette
obeïssance luy causast.
Madame, luy dit-il, nô-
tre maxime generale, c'est
de guerir les Dames des
erreurs du Christianisme
par les preceptes de nos-
tre Hermâne, & de leur
oster la crainte de per-
dre leur reputation par
une reflection sur l'inte-
rest que nous avons à la
conserver. Qu'on oste à
toutes les femmes ces
deux considerations, de
Dieu, & de leur honneur:

il n'y en a guere fur la
terre, qui ne fe refolût
fans peine à faire l'amour:
& quand nous en trou-
vons de plus difficiles,
nous nous fervons de
moyens plus delicats.
Alors le Fraticelle pouf-
fant fa confiance jufques
aux particularitez les plus
fecrettes de leurs maxi-
mes galantes, il n'y eut
maniere ingenieufe de
donner un billet, dont
il n'apprît un nouvel ufa-
ge à la Princeffe, prefent
de Bigot dont il n'enfei-
gnaft l'art de le convertir

en prefent de galanterie,
couleurs de pieté qu'il
n'appliquaft à la débau-
che, & paffant du dénom-
brement des expediens,
au dénombrement des
perfonnes fur lefquelles
ils avoient agy, il mit les
femmes des deux témoins
fecrets de la converfation,
en tefte des plus zelées
pour leur Communauté.
La Princeffe fit un cry au
nom de ces deux femmes.
Si elle avoit fceu qu'elles
fuffent dans le Catalogue
des Penitentes des Freres,
elle fe feroit bien gardée

d'expofer Conrard à cette imprudence : mais la difcretion d'Antonin ne luy ayant pas permis de luy faire cét aveu, elle ne connut le mal que lors qu'il n'eftoit plus temps d'y remedier. Conrard la voyant fi troublée; Vous voilà bien furprife, Madame, luy dit-il froidement, croyez-vous ces deux Dames des Veftales, que vous faites un fi grand cry, quand vous entendez leurs noms? Certes, elles nous ont donné beaucoup moins de peine que toutes les autres : l'une se plaignoit des tiedeurs d'un vieux mary; nous l'avons pourveuë d'un Directeur qui tâche de la consoler : & l'autre ne pouvoit supporter les mépris de son jeune époux , nous avons trouvé un de nos Freres plus complaisant à ses desirs, que n'est son Coquet de mary. Hortence que cét éclaircissement outroit de douleur, tant pour la consideration d'Antonin, que pour les desordres qu'elle prevoyoit

voyoit dans ces deux fa-
milles ; De grace mon
Frere, dit-elle à Conrard,
cessez ce discours, il me
fait fremir ; vous ne dites
point vray ; vous vous
vantez de choses que
vous n'avez jamais faites:
ces deux Dames sont sa-
ges, j'en jurerois, & je regarde comme une offen-
ce mortelle envers Dieu,
celle que je vous donne
occasió de faire. Ce retour,
ne pleut pas à Conrard :
il voulut en prevenir la
suite. Laissons, Madame,
dit-il à la Princesse, le bon

Dieu ſur nos Autels, & dans le cœur de ſes Eleus, & ne le meſlons point dans les myſteres amoureux :

Altri Tempi , Altri Cure :

Et alors pour faire valoir le Proverbe Italien, il alloit perdre tout reſpect pour Hortence : Mais les deux époux intereſſez ne pouvant ſupporter l'audace du Frere plus long-temps, ſortirent du cabinet, & le ſaiſiſſant inopinement : Ah, ah, Frere

Conrard, luy dit le vieil-
lard ; c'eſt donc ainſi que
vous faites pratiquer aux
Dames de Rome, la ver-
tu que vous enſeignez à
leurs maris. Le Fraticelle
fut ſi ſurpris de la veuë,
& de l'action de ces deux
hommes, qu'il demeura
comme s'il euſt eſté frap-
pé de la foudre. Il ouvroit
les yeux ſans croire voir
ce qu'il voyoit, un trem-
blement univerſel le ſai-
ſit, les jambes & la voix
luy manquerent, & ne
pouvant ny dire un mot
en ſa défenſe, ny faire le

M ij

moindre effort pour ef-
sayer de se sauver , il se
laissa traîner comme un
homme immobile dans
une chambre prochaine,
où il fut gardé soigneuse-
ment jusques à l'heure,
où on pourroit venir le
chercher. Il seroit inutile
de rapporter les reflec-
tions douloureuses du
faux Frere, je croy qu'il
n'y a point de Lecteur qui
ne les conçoive , sans
qu'on les luy dépeigne :
il se voyoit livré par une
Princesse à laquelle il
avoit confié des impietez

dignes du supplice le plus cruel : les témoins qu'il jugeoit bien qu'on alloit produire contre luy, étoient deux maris, blessez en la partie la plus sensible des époux, & ce revers de fortune luy arrivoit dans le temps, où il esperoit d'en estre le plus favorisé. Pendant qu'il s'abandonnoit à ces considerations avec des tráports de rage qui tenoient moins de l'homme que de la brute ; la Princesse Hortence accompagnée du Docte Antonin, & se-

condée de ces mesmes
hommes qui autresfois
avoient esté les Protec-
teurs declarez des Frati-
celles, alloit justifier au
saint Pere les accusations
qu'il avoit si mal receuës:
les crimes de Conrard se
pouvoient regarder com-
me averez, si-tost qu'ils
furent découverts; on les
sçavoit sur sa propre de-
claration, & les témoins
qui le chargeoient étoiét
des gens irreprochables.
Il fut donc mandé au mê-
me instant pour venir
rendre compte de sa doc-

trine & de ses mœurs. Il
pensa mourir de frayeur
quand on luy fit ce com-
pliment ; & jugeant que
dans les affaires de cette
espece on gagne beau-
coup quand on differe, il
supplia les envoyez du
Pape de l'air le plus soû-
mis qu'il pût prendre, de
luy permettre d'envoyer
querir un habit de Moi-
ne à son Convent, mais
outre que la decoration
de Matrone aggravoit le
crime, ils la trouverent si
plaisante qu'ils ne pûrent
s'empêcher d'en donner

la veuë à sa Sainteté. Il fut donc conduit dans cét équipage au Palais du saint Pere. C'étoit une figure grotesque, que de voir ce fameux Fraticelle qui ne se montroit en public que revestu *du sac* & le front couvert *de la cendre*, traverser la grande place de Rome metamorphosé de cette sorte. Ceux qui le conduisoient prenoient plaisir à manifester sa honte en l'empêchant de couvrir son visage; & les passans voyant sortir le nez d'un Moine barbu

barbu du milieu d'un escoffion de Matrône. Eft-
ce là ce nouvel Apoftre?
difoient quelques uns ,
qui fe vantoit de prati-
quer la perfection de la
vie Chreftienne. Voyez-
vous l'hypocrite, difoient
quelques autres, qui fait
l'Anacorete le jour & qui
rode la nuit en habit dé-
guifé pour attraper la
paffade amoureufe. I'a-
vois toûjours bien jugé,
interrompoit un qui fai-
foit le capable , qu'il n'y
avoit que de l'oftenta-
tion dans la pieté de ces

N

Freres. Suspendez voftre jugement, reprenoit un autre qui eftoit de plus facile croyance, c'eft, peut-eftre, par quelque motif de charité qu'il eft déguifé de cette forte. Ces diverfes opinions accompagnerent le Frere jufques au Tribunal des Audiences : mais à peine fut-il interrogé que le peuple fceut ce qu'il devoit penfer, car il fut cóvaincu de tant d'impietez & de tant de facrileges, qu'il fut livré au fuplice quatre jours apres fa prife ; la Secte des

Fraticelles déclarée he-
retique, & tous leurs fe-
ctateurs excommuniez;
Hermane, leur Hermane,
auquel ils avoient attri-
bué si fauſſement le titre
de Bien-heureux, fut dé-
terré par decret du ſaint
Pere, & ſes os brûlez en
place publique. Cét acte
de Iuſtice remplit d'alle-
greſſe la pieuſe Horten-
ſe, & le devot Antonin :
mais il ne fut pas approu-
vé de tout le monde. Les
gens de l'eſpece des Fraticelles, donnent la ſubſi-
ſtance à un nombre de li-

bertins, qui tomberoient
dans l'excez de la necessi-
té ; si les vices & les vi-
cieux estoient entiere-
ment exterminez. Quel-
ques vns de ces débau-
chez sauverent la plus
grande partie des Frati-
celles, & les conduirent
à Lyon, où ils ont demeu-
ré pendant tous les desordres de l'Eglise : & c'est,
peut-estre de cette source
infectée, que coulent les
torrens de Bigoteries,
qui se débordent de sie-
cle en siecle dans le monde. Aux Libertins se joi-

gnirent les Libertines. Les Penitentes qui avoient esté abusées veritablement furent bien-aises de sortir de leur erreur, & se convertirent de bonne foy, comme fit l'innocente Valentine ; mais celles qui avoient feint de croire, afin de vivre comme si elles avoient crû, conceurent une douleur pour la perte des Fraticelles , dont les effets ne trouverent rien de sacré. Il faut que ç'ait esté quelques unes de ces Affligées, qui aient pris le soin de faire

dreſſer un Epitaphe, au
Frere Conrard, car nous
en avons recouvert un
qui ne peut avoir eſté fait
que par Elles.

EPITAPHE.

SOus cette *Tombe icy re-*
poſe,
Vn qui ne repoſa jamais,
Prevenãt juſques aux ſouhaits;
Oſant plus en amour, que l'a-
mour meſme n'oſe,
En dix lieux differens jour
& nuict agiſſant,
Soulageant ſeul tous les
Maris de Rome,

Ie gagerois qu'aucun paſ-
ſant
Ne croira qu'icy giſt vn hõme.

Fin de la troiſiéme Partie
des Annales
Galantes.